ひらひら

句集

谷 佳紀
Tani Yoshinori

東京四季出版

ダンス・ダンス　句集に寄せて

原　満三寿

谷佳紀さんの遺句集をだしたいと、夫人のあかねさんからご連絡がありました。追悼とおもって御依頼の序文執筆と選句をさせていただくことにしました。

谷さんとは約半世紀にわたるお付き合いでした。私が「海程」に入会した時には谷さんはすでに有力な若手同人でしたが、すぐに意気投合するようになりました。兜太さんが「海程」の主宰制を強行した時には、主宰に反対した私と谷さんら数人の若手が袂を分かち、「ゴリラ」という句誌を立ち上げました。その後、「DA句会」をご一緒したりしましたが、谷さんが「海程」に復帰した後は、私が詩の方に重点を移したこともあって、俳友としてよりは心ゆるせる文芸の友としてのお付き合いでした。

句稿は一九九九年以降のすべて初見のもので、まずその膨大な句数に驚かされました。読み進めるうちに、谷さんが日常を大事にし、変わらず衆とともにいた俳人であったことに強く感銘いたしました。

さて、谷さんの俳句ですが、表題に「ダンス・ダンス」と付けたように、肉感的な言語空間で満たされている、というのが私の愚見です。擬音語、畳語など動詞、副詞的擬態語が異常に頻出するのが際立った特徴です。

例えば「ふわふわ」「ふわり」「ふわっ」などは数十句にわたって表れます。これらは温かく柔らかい充足感のようなもの、また漂うわだかまりの空気感のようなものとして機能しています。言葉を意味的、論理的に表出するよりは、ダンスのように肉感的振り付け語をもって俳句を立ち上がらせ、踊らせようとしているかのようなのです。

初期の傑作と評価の高い「ゴリラや毛虫瞬間的に丸太ン棒」を、その後も止揚させるべく模索してきた俳人としての思いが伝わってきます。晩年夢中になったマラソンも谷さんの俳句的な表現衝動であったかもしれません。赤ん坊や動物や自分自身を句材とした句に、植物をとりあげたものより力感がでるのもその表れではないでしょうか。

選について言えば、選句数は句稿の一割にも満たないものになりそうですが、それゆえに引き締まったかもしれません。私の選は、句稿をいただいた時にはすでに芹沢さんたちの選がしてあって、この選が私の評価と大変似ていて、私はただ選を重ねただけのようになったことも嬉しいこととして言っておきたいとおもいます。

私の特選五句をあげます。

ひまわりと俺たちなんだか美男子なり
片隅に馬いて静かな花火上がる
天高く蘖（ひこばえ）ている老人なり
晩秋の空のたっぷりもらいましょう
たんぽぽの絮と一緒の空きっ腹

ひらひら＊目次

装幀　高林昭太

句集

ひらひら

谷佳紀

俺たちなんだか

一九九九年〜二〇〇四年

マラソンの空気ふかふか菜の花畑

どこへでも走って天気の中にいる

もうこんな時間の雀おちつきな
毎日が無意味で早春たくましい

老いました白湯にふかぶか梅雨受ける

よく歩く俺だが梅雨もよく働く

走っている無駄な毎日朴の花

蟬の木は水溜りに１００発だ

こわれやすい鼻でありけり烏瓜

多賀芳子さん一周忌

多賀さんのごろにゃんの顔どんぐりの顔

みそさざい地球は泊まるものであり

我武者羅がひっくり返ったんだ裸木

ぶつかって枯れ木の中に相撲取り

自画像のそうは言っても余白のみ

大喜び毛虫になりたがる石なり

巣のように集中力の水溜り

木と俳句私と蛇は揮発性

守谷茂泰・吉川真実両氏のご結婚を祝し

夫婦なりすべての二人が若葉なり

すっぽんぽんはぽんなりかたつむりの道

冗談がつんのめって椋鳥の中

夜の秋乳房はがぶっと音たてる

朝顔に私なんか湯気っぽい

どんぐりの荒れかな性欲ガツンかな

大晦日突進すればよい野原

ややこしい道に女房冬のごろん

こそばゆい力の正月女房め

悼　島津亮さん

亮さんとゆらゆらあひるのおまじない

ふくろうが帰っていった坂の逆立ち

俺壊れても蠟梅ありグレン・グールド

美しい俳句ではなくマラソンする

牛達がふくらむように旅行中

父死去四月二十一日　三句

ビニール袋に曇天膨らむ父の死かな

線香のひろびろ赤く父の死かな

父は骨となり三千大千世界の熱

一日中食べている牛ピアノ練習

タゴールに地下水湧いてひょっとこよ

呼吸する大器晩成ひまわり畑

快晴が整列ひまわり畑かな

新緑の五、六百人はすぐ溶ける

書けること何もなくすすき原気化

引っ付き虫の朝も来ている卵焼き

5キロなら歩くさでかいなぁ壁画

財布はもちろん空っぽ野良猫屋

烏瓜呼吸がぼやぼやぼやーっとする

槍投げの空気おいしく枯れつくす

びんは資源陽が射してきた大晦日

アフガニスタンふかふか忘れ雑煮餅

何もいらない冬は人類移動の本

野ヤギたち全体としてご近所なり

菜の花かーんどんどんどん激しくなってくる

河童や猫私は自然であるよ

父一周忌

雨音の寝そびれている一周忌

人生を書く方法の紅葉かな

ドン・キホーテとともに老人梨を剝く

世界中朝日になろう落葉松黄葉

夫婦してワインがあれば曼珠沙華

麦蒔きを見たことがなしゴリラ欠伸

八ツ手咲き男は幸福なのだろう

家々や頑張ろうと思うクリスマス

心身にやさしくなっている踏切

去年今年そっくり返って暖かい

木を殺すや冬青空のキリンになろう

年末の昼行灯の家なのだ

温泉と雪は仲良しさせて人間

オランダ・ベルギー旅行　二句

運河ばかりの空が重くて大男

チューリップ畑土砂降りさっと照る

老猿を彫り立ち眩みに耐えたり

兼近久子さん海隆賞

祝存分沙羅咲くや行きつくところまで

藪椿とろとろしている定年だ

ひまわりと俺たちなんだか美男子なり

流木に女性の一人ニョと触れる

鎌倉に影の終点君はうつくしい

雲が乗る頭は踊りでいっぱいだ
火星でも月見草と一緒なのである

すばらしいトウモロコシだ妻元気

ドストエフスキー的青葉一茶の碑

かたつむり手に縮んじゃってイラクは止せ

一茶故郷霧から犬コロになった

上高地　二句

もう霧が晴れてよかろう鳥兜

ふぐりの皮引っ張ってもみる山の闇

びきという感じジャムパン割ったとき

草紅葉変な理屈とお金ほどほど

ナポレオンコレクションあり蕎麦を刈る

山茶花のガラカガリリをテロ発す

山茶花の真っ白街を傷つけろ

銀紙の壁立ててもう逃げられない

枯原に転んで俺って滑らかだ

村松恵理奈作品集

天使の羽がどんどんどん咲いたさあ行こう

全身全霊戦争反対の猿廻し

深川に逆立ち練習中の女子

新年の正体不明が来ては泣く

カーディガン白菜崩れのようにかな

食卓に岩塩ルーマニアの音楽

梅雨にして月の重さの信濃川

梅雨だって素敵さ俺は一角獣

噴水がピタリと止んだ俺は寒い

百二歳テントウ虫がほらほらね

年の加減でねぇアネモネ欠伸ばかり

亀首を伸ばしきってとんぼが好きか

太極拳カラスはいつも健康です

炎天の静まる小道蛇のよろしさ

乳房はいつでも好きだ萩のらんらん

老人にこにこコスモス畑満ち潮

木の橋のゆるゆる秋は鳥ふえて

あんぱんとか無花果食べて馬鹿と思う

美しい伊藤さん通りゃんせ彼岸花

みんな了解冬たんぽぽと隅の人

音楽の時々消える冬桜

新年やドアノブ武器のつもりなのか

冬の星キリンの歌を待っている

きれいごとばかり冬青草の蜘蛛

走ってると電磁石のような気がする冬

たくさんの心が僕に

二〇〇五年～二〇〇九年

秋桜どこまでいっても日曜日

老いをどんどん見せびらかすぞ牡丹雪

ダヴィデ像のレプリカ臓器提供者

カタクリのほよほよそよぐお年寄り

早春や僕の性欲ポンである

おばあちゃん大好き用があったら桜

連翹雪柳注釈括弧に疲れ
猫と天使ごちゃまぜなんだ一人ぼっち

猫鳥緑だけって暗いなぁ

伊藤淳子さんより硯を戴けば

墨磨ればふくふく梅雨の樹木たち

睡蓮の笑いが刺さる俺も老いた

芍薬にからだじゅうの毛伸びようと

ときどき風のさざなみコーラン全市

草ぼけの実のおやおやと雨に濡れ

お喋り会白髪ますます月になる

悼　湯川礼子さん

どの部屋も整頓十月五日の癌め

朝顔に体が荷物の二人かな

紅葉や大きい音が俺にはない

紅葉や仲間のことと空のこと

紅葉の大静寂の私たち

我が黄色がっしり黄色雪の家

僕の俳句ことん福寿草と一緒

金子皆子さんご逝去　四句

まんさくは今日も満開訃報記事

山茱萸に皆子さん跳ね　彼岸へとんだ

犬ふぐり大きな樹を抱くようであり

紅梅の透ける光が急に来た

春立ってみんな老人演歌館

ドイツ旅行　二句

菜の花と旅はいつでも跳ねている

万緑の豪雨の城に舌を噛む

猛然と雨の家々羞恥心

自画像のどうして淋しい夏みかん

亀に会うふっと出来てる道あって

バス停へ小石がずうっと続いてる
蓋屋さんがあれば素敵日傘かな

向日葵も鴉も心に休むかな

霧に濡れ突然あめんぼへリポート

妊婦さん菊芋たくさんもっとたくさん

頭には空っぽがあって色鳥

コスモスや風はそっくり僕のもの

陽だまりに僕が一番の小鳥かな

ぐんと笑うぞ紅葉を抜けて美術館

大紅葉人の強さが晴れ渡り

陽を溜めて体ときどき冬と話す

あらゆる私つまづき転ぶ白い息

白梅に添い寝のような一輪車

死は溶けて僕の素敵な草いちご

それから　すー　ポピーの道なよなよし

パントマイムにジャズぶつかって花曇

新しい音かな小草を食べる虫

快晴はどどーんと君だ棒高跳び

亀泳ぐ上手でにわとりきれいかな

悼　中北綾子さん　二句

汗流すシャワーの後の訃報なり

死が通る夕立中北綾子の死

よく晴れて青無花果に今日が染み込む

搔っ攫うって言えば愛だろ青無花果

使用後は元通りにする真夏空

女郎蜘蛛さよなら僕らのクエスチョン

秋が来てレモンの木から鳥逃げて

子供部屋の時間が過ぎっている紅葉

騒がしい芒は僕が好きなのさ

紅葉やつくづく胆っ玉小なり

乱読ごっこ冬のぬくさが六畳間

よく晴れて倭語に倭音のおみなえし

一日中波音の部屋十二月八日

人形の桐箱すうっと枯葉の上

注連縄や日頃の力である女房

水仙ふふっ若いというはやっかいな

ハムエッグ自分さがしは厚着して

急がない家々白梅咲き出した

お地蔵さま私はゆっくり春へ行きます

やって来るあなたは春の筋肉だ
ショートケーキ草木に僕は弱ってる

チューリップになりかわってしまえば影のよう

水覗くような雨後かな花みずき

猫は足もとそうかぴよぴよか

鼻はとっても初夏の弥勒菩薩

ぽつと男朱夏の淋しさ工夫する

句集にうたた寝嗅覚的炎天

心は硯かないそうだ夏みかん

木槿かな雨降りだして着く手紙

空海や雨の深みの白ほととぎす

被爆忌や書かないよりは書こうと思う

単純な言葉暑いも被爆者も

国家という言葉の不味さ夜の秋

原子力空母やきらきらは蜜蜂

後の月原子力空母臼になれ

回転木馬どこへも行けると思う秋

たくさんの心が僕に蕎麦の花

シェフに秋人魚に僕の朝上げる

縁側の子で霜柱の花であり

ふわっふわっふわっ一人になって冬の草

冬の草集中力のお爺さん

ひらがなのきれいなお部屋兎飼う

寒波来て鴉パラパラ透けつつあり

水仙や雑音欲しいときの光(こう)

ぎぐぇぎぐぇと池は泣いてる梅の花

白梅の足の裏からさかのぼる

義弟　真流茂樹死去

茂樹さん泡雪のあと雨の塊です

真流茂樹さん四九日

もうゆったりされましたか四十九日新緑

悼　遠山遊子さん　三句

色々な静けさ友の死に樹の芽

友の死に丘晴朗のきぶしかな

友逝くや辛夷の咲いてりんごのシェイク

悼　阿部完市さん　二句

桜咲く男に寿命きて一月（ひとつき）

言葉を攻め俳句を攻めていまは春

阿部完市さんの面影がふと浮かび

空の花かたかごの花地動説

あしび咲く永遠とはものすごく快晴

紅梅に押しまくられる弱虫な
山桃のしっかりしなければのように

階段が心のようでなんじゃもんじゃ

観音菩薩非力の深い夏が来て

芹沢愛子さん　二句

がんばってがんばって緑の風浴びよう

退院もご結婚も嬉しい夏の空

宮崎斗士・芹沢愛子両氏ご結婚　二句

御結婚や前方ヒマワリ咲きだした

安心の泰山木の花　出発

老人の虹消えてからも深々す

消しゴムのような鷺かな秋の夢

五人とも空の容器や川遊び

名月や説得力の鶏(とり)とでも言おうか

紅葉のごとくに声の強い人

秋の鬼来てどなたも感じる煙

隼のごとし青空美術館

ローマ　ボルゲーゼ美術館

古い蛇のような感じ雪の中

白鳥広漠たり聖と俺の差

ブーゲンビリア雨の昨日と晴れの今日

喜びも真正面

二〇一〇年〜二〇一四年

悼　木田柊三郎さん

立春の寒波の日々の福寿草

妻は湧くようにふっと桜を指しぬ

六月八日母死す　五句

死して青空小石一つも大事

餅好きで世を抜け出でて釋尼安穏

子燕や母のすべてが過去になる

ふと母は逝き給いしや午睡して

母の骨青葉と仲のよい白さ

御仏にちょこんと菫いつもかな

いちじくのピザには鈴の音の馬車よ

からすうりの花喜びも真正面

合歓の花狼ふわんと笑うんだ

こんにちは初夏禅寺の弾む力

枝豆よ恋を見つける虹ですよ

雀の馴れている人蓮の花

数珠玉の追放されたかのように
強がりも風草も秋の子供たち

秋の子に草歩きだすと止まらない

忘れっぽいとか夜が明けたとか曼珠沙華

馬が来て裸の林おもちゃになった

晩秋も蚊も沼も馬のそばにいる

ジャズの冬自分自身をコントロールせよ

肉体を通す老人初日の出

蠟梅や荷物は軽く希望はどうしよう

貧ふわり愛ふわふわり福寿草

泣け泣け赤ちゃんよ花韮照る照るよ

私のような空気になりましょうおひな様

悼　高橋たねをさん

春来れば雨、晴、雪、晴、芽のウルム

東日本大地震

辛夷とも地震酔いともつかぬ風

バーンと心が鳴って桜のつぼみ

土筆キラキラ眠りを残した日々がある

地震後は歩きが遅くなる菫

片隅に馬いて静かな花火上がる

しわくちゃの生活も良く囀るかな

祝・海程賞　三井絹枝さん

満開のうきうきおすまし山ぼうし

こすり消しても月夜の青葉は見える

人類のつとめはもうはたしました時雨

ジュリー・アンドリュースのように噴水じゃんけんぽん

百合のようにがんばろうよと風が来た

人の上に原発つくる合歓の花

清水湧くやここまで一緒に来た鴉

普通の日夫婦げんかも蝉鳴き出した

うん、これやこれやと納得猛暑かな

貧しくて阿呆なのです秋の空

とんぼ達きらきらお百姓の自信

最後のものは短くなって曼珠沙華

もう五年です小春のお墓皆子様

原子炉のうふふ背高泡立草

轟音そのまま３月１１日の死者

無一物はほとほと無理です紅葉かな

被曝紅葉かなはらはら俳句に散る

冬光が心になって湯が沸きだした

高橋たねをさん一周忌

紅梅に冬波の住む人であった

紆余曲折または信号を右へ水仙

どこでもドアーのように夏野の友であり

うすみどりかな夏野の妻である

嘘はうふんと青葉のように濃い

五百羅漢と俺様ラメの孔雀かな

菖蒲田のゆらゆら財布薄いけれど

神様が来ましたパセリ好きな僕

節電かな無かな蛇の眼近くに見える

足利屋篤さんへ
篤ガンバレの暑さなり俺もですよ

足利屋篤さんから便り
赤とんぼふわふわほほほ癌ちぢむ

団栗が大好き下手は当たり前

天高く落ちたくなった池がある

天高く蘖(ひこば)えている老人なり

天高く地獄も昼休みだろう

俺はもう雨に溶けそうだよかぼちゃ

胸の形がとてもきれい沢庵噛む

楓(ふう)の実と光とこまごま心かな

アフリカのまだ何も聞こえないように冬だ

訪えばすでに意識なく

足利屋篤可愛くなって春の底

悼　足利屋篤さん

可愛くなって柩に入れば雨の春

新緑やオールディーズなら俺もだ

紫陽花のよく濡れ友の息子の死

万緑は女性のようでにわか雨

ビール飲みつつアベックはぼさぼさじゃないか

名月や田畑が腹の底にある

曇り日の紅葉は心を強くする

紅葉や丸っこい今日は愛である

雪がふるだろうゆりの樹の花に寝て

きれいなあなた腹の底から雪を話す

蠟梅に俺は光と言いたい日

もう少しで熊になる俺たち連翹

今日なのだカエルが百匹花になる

桜も筋肉なり赤ちゃん強くなる

緑の山は孫なりそして力瘤

悼　小長井和子さん

少し曇って紫陽花の清らかに

そろそろ孔雀になりたい緑蔭なり

亀たちの梅雨の晴れ間の気品かな

虹を見るように孔雀の目は強い

緑の風はとろとろしてる久しぶり

町田薬師池大賀蓮　妻と

蓮の花仏陀に私もつながって

母子草群落雨上がりの清純

浜木綿だどんどん歩いて行かないで

乳母車の秋来て浮き浮き突如泣く

合歓の実や心がわあっとしたような

早く来た初雪みたいにバラの庭

あなたと秋ととてもとてものバラ薫る

馬鹿なチャンスはいつでも小鳥来る

時雨消え俺はとんでもなく若造

作法良しのようこさんの綿菓子なり

メタセコイアは小鳥の樹木時雨れるなり

寒い日は静かなレッサーパンダと笑う

噴水はいつも僕らだ小春日和

正月の穴俺ぴょこん街の穴

一匹と呼ばれた頃さ冬桜

ただ風を思う

二〇一五年〜二〇一八年

蠟梅を讃えて新年家族一同

恋猫に見惚れ老人であることよ

霰来た一人が楽しくなる森に
小鳥屋に梅咲く自宅にも咲いて

梅咲いてふふ苦手な人と道づれ

朴の木が芽を生み出して私なり

僕の日のあの世の日々の春一番

桜咲く僕にも小さな積み重ね

仏像に夜の長さの紫木蓮

普通って怖いときがあるよね桜かな

ザリガニが怒ったところで僕は新緑

不機嫌を大切にして夏の草

水辺に時々の愛という水着の私

考える遅さが青葉と照りあって

兄死す　二句

兄は炎暑の木蔭のようだった死す

兄死んでそのまま信濃川暑し

鴉来ました残暑は静かなりけり

原爆は過去だが八月いまもあり

徒競争はビリばかりだった花みょうが

頷いてかすかな芒のように唇

心を訳すようにまつたけご飯かな

俺は俳句だなどと紅葉が日の中に

僕の中は子犬だろうか紅葉散る

ＬＧＢＴ彼女も彼もクリスマス

心に猫住むクリスマスも住んで

梅を抜けても正しい言葉が出て来ない

梅ががが羅漢ぐうぐう谷さんピッ

夏比古の結婚へ　二句

結婚はいいものですよ梅満開

桜のつぼみふくらみ始めてお腹の子

僕も幸福白梅の花の中

目茶苦茶出鱈目白梅は愛の老人

お雛さま私は歯磨き下手なのです

弟宏死去　二句

宏はもう緑を迎えた死者なのだ

この風の強さは別れの緑かな

気の抜けない人いて桜ばかりなり

静けさがあめんぼうのように和らいで

老年をゆけゆけ真昼の凌霄花

猛暑だろうと孫の頰っぺの柔らかさ

炎天は俳句だ水を飲む勢い

俺はもう凄いのだと声百日紅

俺は今日蛍になったオオカミは去った

赤ちゃんも秋も呼吸の薔薇なのです

テントムシは空と私が好きなようだ

妻はときどきハーブティは秋の雨

お日様の強くて紅葉ごっつくて
枇杷の花孤独はいつも晴れている

落葉を聴くように本を開いたね

嫉妬するキリンに逢いたい冬の空

レッサーパンダ北風はふふんよの楓子さん

駝鳥が好きで現住所欲しくない

手を動かしていれば春が来た水仙

騒ごうぜと騒がない老人桜かな

栓抜きとかドアとか男と女たんぽぽ

小説がときどき僕を青葉にする

新緑はいつもしなやか僕らは老人

噴水は轟音で俺で飛ぶ猫で

緑臭の粗さが脚力にもなって

父の日のにやにや見えている丘だ

合歓の花部屋がおっとりしています

花みょうが老人同志かわいくて

全力人生鴉が多い日の老人

膝は空のように明るく萩のおはよう

晩秋の空のたっぷりもらいましょう

凡庸が熟して草刈り楽しむさ

一人って空の広さで紅葉多分ですが

後れ毛のように街並みは冬になった

お雑煮の愉快に旨く凪いでいる

沙羅のリボン肘や首お休みなさい

あらあら羊ですわとヘンデルの春です

二月二〇日金子先生が入院されている熊谷総合病院へ

先生昏睡春の空で冬の風

二〇日夜先生ご逝去　五句

梅の花金子兜太が透き通った

紅梅の日暮れが通夜への愛にして

先生のご遺体梅の強い今日

心の春です　「アベ政治を許さない」

先生の死後が花粉とくしゃみです

四十九日・十三回忌

先生奥様我らも桜になって満開

四十九日やおたまじゃくしぴちぴちの桜

動くことをやめた風のように涙

青空や腑抜けになって目高になって

たんぽぽの絮と一緒の空きっ腹

枇杷の荷とポキポキ宇宙の不完全

すぐ忘れ泰山木の花のダンスダンス

紫陽花やいつも一人でいつもいたずら

梅雨明けてその後の心見つめて秩父

白鳥は染まず死せるやあとは紫陽花

体に雨の音が眠って青葉かな

猛暑日の如何に生きるべきかは走ってみる

人生はひらひら赤蜻蛉は軽い

老人は曇り日の艶野萱草

蜻蛉はすでに雨を散らした虹なのだ

十個の空が昨日はあった秋明菊

喧嘩してきて背高泡立草ばっちり

あ、いけないという日があってカレーうどん

愛は消えてもそこはまぁ紅葉です

耳をかく猫で小春日の独身

ただ風を思うなるべく小春日の

犬も歩けば視聴率らしき落葉かな

紅葉や心が心呼ぶような

一瞬のクリスマス一瞬の僕にかささそ
舗装路に群れない小石冬の雨

僕は今日からの石になって新年

竹響き私は痛む小石かな

出会ったこと小石を手放したこと冬

枯れすすきの唄が川に映る夕焼

帆柱はいまも青空青鮫忌

純心――谷佳紀句集『ひらひら』に寄せて

谷佳紀さんが突然亡くなられたのは衝撃的でした。その事実をまだ受け止め切れずにいた頃、宇多喜代子さんの次の句を知りました。

亡き人の亡きこと思う障子かな　喜代子

思えば宇多さんの『里山歳時記』が素晴らしいと教えてくれたのも谷さんでした。この句は「亡きこと」ばかりを嘆いていた私に、「亡き人」と向かい合わなければ、ということを気づかせてくれました。幸い手元に「海程」のバックナンバーがあるので、青年時代の谷さんを辿りたいと思います。

谷さんは二十四歳の時に「海程」の同人になりました。まだ大所帯ではなく「同人スケッチ」という欄では、金子兜太先生が一人ひとりの紹介文を書かれています。「谷佳紀　くらげのごとくハイエナの如し。純心。二〇代、小柄褐色」。その二年後の「ショート・小答」という自己紹介の欄では、谷さんは「配偶者なし。悪口雑言大好き。身体と反対の大声。純心」と自身でも先生から贈られた「純心」という言葉を使っています。「純心」は「純真」の誤用とされていますが、先生はわざとこの字を選ばれたような気がします。

　そして谷さんが海程賞を受賞した時の挨拶文には、「作品を書きつつある私は、つむじ風のまっただ中にいる。ひかりだけがある。すべてがきらめいている。じつに心地よい。私は、つむじ風を、ひかりを、きらめきを求めて書く。そのため、わがまま、勝手きままに書いている。誇り得るものがあるとすれば、このようにして書いているということである。（中略）私は受賞したことに責任をもたない。新たなる決意もない。いままでどおり、わがままに、勝手きままに書いていこうと思う」とあります。晴れ晴れとこの宣言をした当時、谷さんは三三歳でした。そして、こうも書いています。「幸いに、すぐれた師、すぐれた先輩、友人にかこまれている。海程にいる喜びを感じる。信頼をもって語りあえる」と。

金子先生の元で始まり、一度離れて、また金子先生の元に戻り……その六十年間を谷さんは俳句と共に過ごしました。

八ツ手咲き男は幸福なのだろう

この句は二〇〇二年初冬、前橋市の敷島公園吟行会での一句。萩原朔太郎が書斎に使った蔵に展示された詩の一節、「男は幸福なのだろう」が引用されています。「男」は私の中で谷さんと重なって行きました。

ただ風を思うなるべく小春日の

二〇一八年が谷さんの俳句人生の最終章になりました。愛唱したい句や、心に響く句が、たくさんありました。二三五ページの「愛は消えても」から「紅葉や」の五句が「海原」最後の掲載句です。その後の未発表句の中には、ふと過去からの風が吹くような、なにか思いを馳せているような句も見受けられました。

枯れすすきの唄が川に映る夕焼

この「枯れすすきの唄」は、金子先生が最後の秩父道場で歌われた「船頭小唄」のことでしょうか。戦時中、出撃前夜の飛行兵たちがよく歌っていたと聞きました。その夜の先生は、トラック島で兵士だった青春時代に戻られたように見え、胸が痛みました。谷さんものちに上映された動画でその歌を聞いています。あかねさんから「夫も若い頃この歌をよく歌っていました」とお聞きし、「船頭小唄」は谷さんの愛唱歌でもあったと知りました。

帆柱はいまも青空青鮫忌

金子先生は『今日の俳句』の中で、忌日の句についてこう書かれています。「人の死んだ忌日を季語にしてしまうやり方は、不埒千万、季語そのものさえ冒瀆するものと考えている」。先生もおそらく、個人の忌日の句は残されていません。谷さんも普段は忌日の句は書かず、保存されていた中でもこの一句だけですが、あえて句集に入れました。「青鮫忌」は「青空」と韻を踏んで自然に出てきた言葉かも知れません。おだやかに晴れ渡った海を進んでいく船が見え、明るい世界です。最後の数句の中に、この句が書かれていたことの不思議さを思います。

ある年、谷さんからの年賀状に「俳句を楽しんで書いてますね。楽しいのが一番！」とありました。真に楽しむことは難しいけれど、試行錯誤や実験も含めて、谷さんは人生をかけて俳句を楽しんだ方だったと思います。

マラソンの空気ふかふか菜の花畑
どこへでも走って天気の中にいる
美しい俳句ではなくマラソンする

谷さんは一〇〇キロ、二〇〇キロ、長いときは二四〇キロのウルトラマラソンに参加していました。「体に悪いんじゃないですか」と聞くといつも「そうなんだよ」と答えていました。夫人のあかねさんは「もりもり食べてくれていた人が、急にいなくなって寂しい。あと十年は俳句を書いて欲しかった。俳句は命を取らないから」と話してくれました。週に六日、二、三時間のランニングをしていたそうです。

猛暑日の如何に生きるべきかは走ってみる

この句は最後の年の夏の作。亡くなった後にも、新しいシューズや大会のゼッケンが届いたと聞きました。まだまだ走り続けるつもりだったのです。

たくさんの心が僕に蕎麦の花

あかねさんから谷さんの遺句集を出したいとのお話を伺って、私に出来ることがあったらぜひお手伝いしたいと思いました。その後パソコンに記録、保存されていた俳句の数が四千句近いことが分かり、選を依頼されました。私一人では荷が重く、心もとないので複数選にしました。お願いしたのは、平田薫さん、木下ようこさん、三世川浩司さん、柳生正名さん、小松敦さん、小川楓子さん。そして私を含めた七人の選が集まりました。その結果をもとに抄出、原満三寿さんの選も加え、最終的に四四七句になりました。「海程」復帰以前の谷さんと朋友であった原さんに「私と皆さんの評価が似ていることが嬉しい」と思っていただけたのも、大変心強く、ほっとしました。

谷さんの俳句は時々解らないと言われます。解説は不要、というようなたたずまいです。なので好きな句という基準で選びました。帯の抄出句は原さんの特選との重複を避け、複数選の結果も参考にしています。たくさんの心が集まりました。

谷さんの初対面での印象は、くらげでも、ハイエナでもなく「洗い晒しの木綿のような人」でした。そう言うと、みんな笑うのですが、「糊が取れて体に馴染んだ、清潔な木綿」と説明していました。その後も谷さんは、谷さんとして、気取らず、マメで、一途で、ストイックで、面倒見の良い、優しい、せっかちな人。「純心」という言葉の似合う人でした。

句集上梓について「出せるなら出したほうがいい。それは必ずその人の俳句のためになるから」と言っていた谷さんでしたが、きっとこの句集を読んで新たに刺激を受けたり、心が自由になる人もいるはずです。

あかねさんの強い思いでこの句集が出来ました。句集のタイトルを「ひらひら」と直感で決めたのもあかねさん。その感性は谷さんと通ずるところがあると思います。生活人としても谷さんはとても幸福な人でした。

二〇二〇年　秋晴れの日に

「海原」芹沢愛子

あとがき

夫・谷佳紀は私の記憶するところ十五歳頃より俳句に惹かれ、その後生涯を通じて俳句への情熱を絶やすことなく作句を続けてきました。夫は健康だと本人も周囲の者もそう思い、俳句に対してもこれからだと思っていたはずの二〇一八年暮れに七五歳で急逝しました。私は、「夫がいつも俳句と共にあった」ことを残したいと遺句集を出すことを考えました。しかし私は俳句に関して門外漢であり、夫の俳句は難しく、正直良く分かりません。

そんな折、芹沢愛子さんに遺句集作りのお手伝いをしていただけることになりました。芹沢さんには選句から編集、すべてにお骨折り頂きこの遺句集が出来ました。その間「海原」の多くの方々にもお世話頂き、特に平田薫さん、木下ようこさん、三世川浩司さん、柳生正名さん、小松敦さん、小川楓子さんには選句をやって頂き、厚く感謝を申し上げます。また、長年夫と交流のあった原満三寿さんには選句のほか序文をご執筆頂き深く感謝致しております。

夫は一九八三年に海程新社企画の『谷佳紀句集』を、一九九九年に第二句集『楽』を出しております。当句集はそれ以後の句で夫がパソコンに整理していた句から「海程」「海原」に発表した句を中心に皆さんに選句して頂いたものから成っています。

句集名は「ひらひら」といたしました。「人生はひらひら赤蜻蛉は軽い」の句から取ったものです。私は俳句は分かりませんが、この句は漂うように生きている人の生の容相を表していると思うのです。この句集で谷佳紀を偲んで頂けたら幸いです。

二〇二〇年　初冬

谷　あかね

著者略歴

谷 佳紀（たに・よしのり）

1943年　新潟県生まれ
1958年　15歳頃から作句、その後「寒雷」の金子兜太選に投稿
1962年　この年創刊の「海程」に投稿、2号から海程集に掲載される
1967年　「海程」同人となる
1976年　海程賞受賞
1983年　『谷 佳紀句集』上梓
1985年　「海程」退会
1986年　原満三寿氏と「ゴリラ」創刊
1991年　「ゴリラ」20号で終刊
1999年　「海程」復帰
2000年　『楽』上梓
2004年　個人誌「しろ」刊行
2013年　「しろ」19号で終刊
2016年　「つぐみ」同人となる
2018年　「海程」終刊　後続誌「海原」同人となる
死去

谷 あかね
住所　〒252-0242 神奈川県相模原市中央区横山3-27-14

遺句集　ひらひら

令和二年十二月十九日　初版発行

著　者●谷　佳紀
発行人●西井洋子
発行所●株式会社東京四季出版
〒189-0013 東京都東村山市栄町二―二二―二八
電　話　〇四二―三九九―二一八〇
F A X　〇四二―三九九―二一八一
shikibook@tokyoshiki.co.jp
http://www.tokyoshiki.co.jp/

印刷・製本●株式会社シナノ
定　価●本体二七〇〇円＋税

ISBN978-4-8129-1040-5